Alle zwei Wochen

Jutta Nymphius
Katja Spitzer

Alle zwei
Wochen

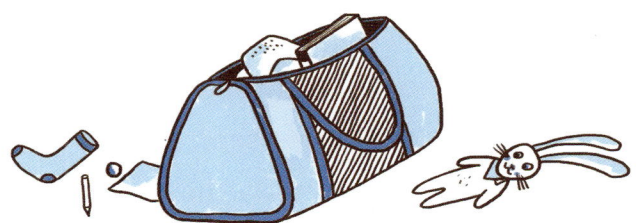

TULIPAN KLEINER ROMAN

Leere Zimmer

Mit leeren Zimmern ist das so eine Sache, findet Martha. Die sind nämlich nicht alle gleich, sondern sehr unterschiedlich.

Da gibt es die ohne Möbel. In diesen Zimmern hallt es, wenn man darin steht und laut ruft. Das hat Martha mal mit ihrer Freundin Hanna ausprobiert, als die umzog. Die Ohren mussten sie sich zuhalten, so einen Lärm konnten sie machen! Dann gibt es leere Zimmer, die zwar Möbel haben, aber sonst nichts. Dort liegt nichts herum – kein Stift, kein Taschentuch, erst recht keine schmutzige Socke. Alles ist blitzblank und sehr ordentlich und sehr ungemütlich. So ist es in Tante Erikas Wohnung. Sie hat eben keine Kinder, die alles durcheinander-bringen, sagt Mama immer seufzend.

Am schrecklichsten findet Martha die Zimmer, die Möbel haben und in denen Sachen herumliegen und die trotzdem leer sind. Weil darin jemand fehlt. Von denen kennt Martha nur eines.

Einfach so

Ist das etwa ...? Das wird doch wohl nicht ...?
Martha steht an der Tür und kann kaum glauben,
was ihre Augen schwören zu sehen. Dieser
bunte, große Karton, den sie so gut aus dem
Schaufenster kennt, ist das wirklich ...?
Da stimmt doch etwas nicht. »Hab ich was
vergessen, Papa?« Sie überlegt. Weihnachten ist
erst im Winter, sie selbst wird nicht jetzt, sondern
im April sieben Jahre alt, also vielleicht ...»Hast du
etwa Geburtstag, Papa?«
Aber Papa schüttelt lachend den Kopf. »Nein, du
Quatschkopf, wie kommst du denn darauf?«
Marthas Stimme senkt sich zu einem ehrfürchtigen
Flüstern: »Weil da die Königsburg steht.«
Tatsächlich thront mitten im Wohnzimmer der
Karton mit der riesigen Burg, die sie sich schon
so lange gewünscht hat! Zweimal zu Weihnachten
und einmal zum Geburtstag! Eine Burg, die
bestimmt aus Millionen Teilen besteht; mit
Pferden, Burggräben und Prinzessinnen. Sogar eine

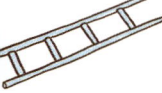

Schatztruhe mit Gold gibt es! Und jetzt ist diese
Burg wirklich und wahrhaftig da, als habe sie schon
die ganze Zeit auf Martha gewartet! Einfach so.
Natürlich kann Martha eigentlich nicht fliegen, aber
als Papa jetzt die Arme ausbreitet, geht es doch, so
sehr freut sie sich. Papa schwenkt sie herum, bis
ihre Füße fast so hoch wie seine Nase sind.
Dann aber will Martha ganz schnell wieder landen.
Schließlich haben sie jetzt viel Arbeit vor sich. Sie
schüttet den Inhalt des Kartons auf den Boden.
Ein riesiger Haufen türmt sich auf, aus dem kleine
Helme, Zaunpfähle und Kronen hervorgucken.
Papa kratzt sich am Kopf und seufzt tief. Aber

Martha hat schon angefangen. Sie weiß ganz genau, wie die Burg aussehen wird, so oft hat sie sie im Laden schon angeschaut. Ihre Hände sortieren sicher und schnell die Teile auseinander. Graue Steine gehören zur Burgmauer, die braunen zum Graben, die Figuren kommen erst einmal auf die Seite. »Nein, Papa, nicht dorthin, das gehört doch zum Stall«, kommandiert sie, oder »Jetzt hast du der Prinzessin die Ritterbeine angesteckt!« Eine ganze Weile geht das so. Nach und nach erheben sich vor ihnen die ersten Teile der Burg

aus dem Boden. Und mit der Burg wächst Marthas
Freude im Bauch. Sie wird so groß, dass Martha
zwischendurch immer mal wieder Papa umarmen
und ihm etwas davon abgeben muss!

Da klingelt es.

Martha zuckt zusammen. Ihr ist, als habe jemand
ihren gerade erst gebauten Turm mit einem Tritt
zum Einsturz gebracht.

Einen Moment später steht Mama in der Tür.

»Kommst du, Martha?«, fragt sie hektisch.

Doch Martha schaut gar nicht auf, sondern macht
einfach weiter. »Nein, das geht nicht, Mama, wir
sind noch nicht fertig. Guck, wie viele lose Steine
wir noch haben. Und später müssen wir mit der
Burg noch spielen!«

»Bitte, meine Maus, komm jetzt. Es ist schon spät,
wir müssen noch Mia abholen und Essen machen.
Und ich muss morgen früh raus!«

Martha wirft einen Hilfe suchenden Blick zu Papa,
aber der zuckt nur mit den Achseln. Er sagt nichts
und guckt sie nicht einmal an. Und Mama auch
nicht.

»Mama«, beginnt Martha und ärgert sich, dass ihre Stimme so weinerlich klingt wie bei einem Baby, »essen können wir doch hier. Ich bin doch noch gar nicht so lange da und ...«

»Martha, nicht schon wieder!«, seufzt Mama. »Die Zeit bei deinem Vater ist jetzt nun mal vorbei und wir fahren nach Hause!«

»Aber es war zu kurz! Die Königsburg ist noch nicht fertig! Nie wird irgendetwas fertig!!!«

»Die Burg ist doch jetzt nicht so wichtig. In zwei Wochen kommst du wieder, dann steht sie ja noch da. Und schimmelig wird sie bis dahin bestimmt nicht. Du wirst sehen, wie schnell das geht. Schwups, bist du schon wieder hier.«

Das stimmt aber nicht, das mit dem »Schwups«
funktioniert nicht! Mama weiß gar nicht, dass
manche zwei Wochen überhaupt nicht vergehen,
dass sie sich so lange anfühlen wie von einem
Geburtstag bis zum nächsten! Sogar noch länger!
Jetzt steht Mama schon mit der Jacke neben ihr.
Papa beginnt, die Burgteile zur Seite zu räumen.
So ist das also. Papa und sie werden erst in zwei
Wochen weiterbauen und mit der Burg spielen
können. Und jetzt muss sie, Martha, weggehen.
Einfach so.

Glatze, Zopf, Geschrei

Martha schaut aus dem Autofenster und sagt nichts. Draußen ziehen die Häuser und Menschen vorbei. Manche lachen sogar! Das fand Martha schon immer seltsam: Egal, was passiert, egal, wie schlimm alles ist, manche Dinge bleiben einfach gleich. Als sie damals im Kindergarten ihren Kuschelhund verlor, backten ihre Freundinnen trotzdem im Sandkasten Kuchen. Als ihr Hamster starb, ging Mama wie immer nachmittags einkaufen. Und als Papa auszog, läutete morgens um acht die Schulglocke, als sei überhaupt nichts gewesen!

Jetzt hält das Auto und jemand steigt ein. Martha guckt weiter schweigend aus dem Fenster. Als sie Mia neben sich spürt, ist ganz plötzlich ihre Nase verstopft wie bei einem Schnupfen und die Augen beginnen zu brennen.

Mia ist ihre ziemlich viel ältere Schwester. Sie ist schon auf dem Gymnasium und schläft oft bei ihrer besten Freundin. Aber sie kommt immer wieder.

Als Mama das Auto erneut auf die Straße steuert, legt Mia einen Arm um sie und streichelt sanft über ihren Kopf. Sie fragt gar nicht, was los ist, sondern hält ihr einfach ein Taschentuch hin. Martha schnäuzt so kräftig hinein, dass ihr die Ohren wehtun. Jetzt müssen beide lachen.

»Was nimmst du, Glatze oder Zopf?«, fragt Mia zärtlich.

Martha schaut hinaus. Es regnet nicht, die Menschen tragen keine Mützen. Es könnte klappen.

»Glatze«, sagt sie und gibt auch sofort das Startsignal: »Ab jetzt!«

»Glatze oder Zopf« ist ein altes Spiel von ihnen beiden. Wer auf dem Heimweg die meisten Menschen mit Glatze oder eben mit Zopf entdeckt, hat gewonnen. Mia hat es sich ausgedacht. Sie hat schon viele Spiele erfunden, vor allem in der Zeit, als Papa noch zu Hause wohnte und er und Mama furchtbar viel stritten. Sie waren so laut! Selbst wenn sie in der Küche waren und die Tür zuhatten, konnten Martha und Mia von dem Geschrei nicht einschlafen! Dann hat sich Mia einfach zu ihr ins

Bett gekuschelt und sie haben »Verrückte Lieder«
gespielt. Dabei muss man abwechselnd je eine
Zeile aus irgendeinem Lied singen und dann kam
so etwas heraus:

»Hänschen klein ging allein,
Köpfchen unter Wasser,
auf einem Bein!«

Schlapp haben sie sich dabei gelacht und gehört
haben sie auch nichts mehr.
»Glatze«, ruft Martha jetzt und zeigt nach draußen.
»Mist«, muss Mia zugeben, aber genau in diesem
Moment kommen Zwillinge vorbei, beide mit
Zöpfen! »Zweimal Zopf!«, grinst Mia.
Martha drückt die Nase an die Scheibe, damit ihr
nichts entgeht. Aber es ist wie verhext, es kommen
nur noch Frauen vorbei und die haben meist keine
Glatze. Dabei sind sie gleich zu Hause!
Nachdem Papa ausgezogen war, wurde es leiser
und irgendwie auch besser. Mama hatte nicht mehr
so schlechte Laune und war nicht mehr so müde.

Sie haben wieder Ausflüge zusammen gemacht
und Mia und sie konnten abends gut einschlafen.
Inzwischen haben sie sogar zwei Kinderzimmer
mit unterschiedlichen Spielsachen, eines bei Mama
zu Hause und eines bei Papa. Das ist gar nicht so
schlecht.

Nur das mit den zwei Wochen, das versteht Martha
einfach nicht.

In diesem Moment stupst Mia sie in die Seite. Da
sieht Martha sie auch: Zwei Männer mit einem
großen Karren stopfen gerade an ihrer Haustür
Prospekte in die Briefkästen. Beide haben keine
Haare auf dem Kopf. »Glatze, Glatze! Gewonnen!«,
jubelt Martha und lacht.

Papalich

Das erste Mal geht Martha im Wohnungsflur ganz
schnell daran vorbei. Auch noch das zweite Mal,
und dabei dreht sie sogar den Kopf weg! Beim
dritten Mal aber traut sie sich endlich. Sie bleibt vor
der geschlossenen Tür stehen. Dahinter ist Papas
Büro. Gewesen.
Es lag gleich neben ihrem und Mias Kinderzimmer.
Das fand Martha immer schön. Denn so konnte
sie schnell zu Papa herüber, wenn sie ihn brauchte.
Natürlich musste er arbeiten und sie durfte ihn
nicht ständig stören. Aber wenn sie papalich war
und zu ihm kam, war er ihr nie wirklich böse.
Papalich. Dieses Wort hat sie erfunden, als sie
noch klein war und gerade erst sprechen konnte.
Es bedeutete, dass sie ganz plötzlich auf Papas
Schoß musste, um mit ihm zu kuscheln. Das ging
dann nicht anders, dieses Gefühl schwappte in ihr
hoch wie eine große Welle, die sie mit sich zog und
gegen die sie nichts machen konnte.
Als sie größer wurde, war sie zwar nicht mehr

so häufig papalich. Trotzdem musste sie immer noch ab und zu mitten im Spielen schnell zu Papa hinüberlaufen. Sie öffnete dann vorsichtig die meist verschlossene Tür und guckte lange Papas Rücken an. Dabei atmete sie ganz laut, damit er sie hörte. Und irgendwann seufzte Papa und drehte sich zu ihr um.

Jetzt gerade ist Martha wieder papalich zumute. Deswegen steht sie hier vor dem Zimmer. Genau wie früher.

Zögernd öffnet sie die Tür einen Spaltbreit und lugt hinein. Alles ist noch da, Papas Schreibtisch, das Regal, die Lampe. Sogar der Drehstuhl steht noch an derselben Stelle.

Und plötzlich kommt es Martha so vor, als sei auch Papa noch da, obwohl sie ihn nicht sehen kann. Er war eben immer hier, wenn sie in der Tür stand.

Sie ist dann zu ihm gegangen und auf seinen Schoß geklettert. »Was machst du?«, hat sie gefragt.

»Ich schreibe«, hat Papa regelmäßig geantwortet und konzentriert auf den Computer geguckt. »Oder ich versuche es zumindest.« Denn mit Martha auf dem Schoß musste er die Arme weit nach vorn strecken, um noch an die Tastatur zu kommen. Martha kicherte dann immer und schloss die Augen. Sie liebte das leise Klackern der Tasten, den leichten Druck der Arme, die sie umfingen. Manchmal klingelte auch noch das Telefon und Papa musste mit jemandem sprechen. Dann legte

Martha ein Ohr an seine Brust und hielt sich das andere mit dem Finger zu. Dadurch klang Papas Stimme ganz anders als sonst, dunkel und tief wie von einem großen Bären. Außerdem kitzelte sie an ihrem Ohr.

Am schönsten aber war es, wenn Papa aufstehen und etwas holen musste. »Achtung!«, kündigte er das an. Wie eines der kleinen Äffchen im Zoo klammerte sich Martha an ihm fest, mit beiden Armen und Beinen. So ging Papa wild schwankend

mit ihr durch den Raum. Und ab und zu pikste er sie in die Seite. Das kitzelte! Aber sie konnte nicht zurückkitzeln, sonst wäre sie runtergefallen. Irgendwann aber war dann doch Schluss, und Papa musste wieder arbeiten, egal wie sehr Martha maulte. »Aber wir fahren wenigstens noch einmal Karussell«, forderte sie dann immer. Papas Stuhl konnte sich nämlich drehen, wenn man sich mit dem Fuß abstieß. Also umarmte Papa sie ein letztes Mal fest und brachte das Karussell in Schwung, schnell und immer schneller. Martha konnte das nicht selbst, ihr Fuß reichte nicht bis zum Boden.

An all das erinnert sich Martha jetzt, als sie in der Tür steht. Sie starrt den Schreibtischstuhl an. Ob sie ...? Nein, es geht nicht.

Ohne Papa kann sie nicht Karussell fahren, sie ist einfach zu klein. Ihr Bein ist zu kurz, da ist nichts zu machen. Martha schließt die Tür. Ganz leise und behutsam, so als wollte sie ihr nicht wehtun.

Eine gute Idee

»Dann schlaf jetzt schön, meine Kleine!«, flüstert
Mama. Sie streichelt Martha über die Wange und
gibt ihr einen Kuss.
Martha kuschelt sich noch ein wenig tiefer ins
Kissen und nimmt ihren Hasen fest in den Arm.
Doch obwohl Mama aus dem Zimmer gegangen
ist, schließt sie noch nicht die Augen.
Denn seit einiger Zeit soll auch Mia ihr noch Gute
Nacht sagen, wünscht sich Martha.
Da kommt sie schon. Zufrieden rutscht Martha
ein Stück zur Seite und lupft die Decke. Ihre große
Schwester schlüpft zu ihr ins Bett und legt einen
Arm um sie. Wie immer. Und sie soll auch immer
das Gleiche sagen.
»Mia?«, beginnt Martha.
»Mmh?«
»Wir beide werden uns nie scheiden lassen, oder?«
»Nein, nie!«, sagt Mia.
»Schwöre!«
Mia streckt gehorsam zwei Finger in die Luft.

»Ich schwöre!« Dann lächelt sie. »Kannst du jetzt
schlafen?«

Nun darf Martha sich aussuchen, ob sie lieber
schlafen oder noch etwas erzählen will. Manchmal
ist sie so müde, dass ihr schon bei Mias Frage die
Augen zufallen. Aber heute möchte sie noch reden.
»Nein, ich kann noch nicht schlafen«, beginnt
Martha. Dann berichtet sie Mia alles ganz genau
von der Königsburg und Mamas viel zu frühem
Auftauchen. »Papa und ich waren noch gar
nicht fertig. Erst in zwei Wochen können wir
weitermachen!«, klagt sie. »Aber das dauert noch
viel zu lange!«

»Ja, geht mir ähnlich«, stimmt Mia ihr zu. »Mit
mir will Papa schon seit Ewigkeiten ins Kino gehen
und nie wird was draus. Immer ist keine Zeit.«
Dann sieht sie Martha an. »Du bist manchmal auch
zwischendurch papalich, stimmt's?«

Martha nickt und schluckt. Sie nimmt ihren Hasen
noch fester in den Arm.

»Nicht immer nur alle zwei Wochen von Freitag bis
Sonntag.«

Martha nickt wieder, muss jetzt aber kichern. »Ja, genau. Ich habe ja keinen Terminkalender dafür«, gluckst sie. Sie kann sich noch gut an Papas großen Plan im Büro erinnern, in dem immer genau stand, was er wann tun musste. »Aber Papa und Mama verstehen das nicht«, flüstert sie.

»Hm.« Mia überlegt. Dann breitet sie ihre Arme weit aus und ruft feierlich: »Dann müssen sie das eben lernen!«

Martha stützt sich überrascht auf. »Lernen? Wie in der Schule?« Sie stellt sich Mama und Papa vor, wie sie an kleinen Pulten sitzen und an die Tafel starren. Und sie, Martha, steht vorn mit hoch erhobenem Finger und erklärt ungeduldig etwas zum hundertsten Mal. Begeistert lässt sie sich ins Kissen zurückfallen. »Aber wie soll das gehen?«

Heute kann Martha lange nicht einschlafen. Denn heute müssen sie und Mia noch lange flüstern und überlegen. Aber dann haben sie eine wirklich gute Idee.

Die Sache mit dem Lernen

Martha starrt auf ihren Ranzen. Zögernd öffnet sie ihn und zieht ihr Rechenheft heraus. Als sie es aufschlägt, stehen klar und deutlich die Aufgaben vor ihr.

Martha starrt noch eine ganze Weile weiter. Sie geht gern in die Schule, meistens jedenfalls. Bis jetzt hat sie ihre Hausaufgaben immer sehr sorgfältig gemacht. Bei ihr ist es nicht so wie bei ihrer Freundin Hanna, die irgendetwas hinschmiert und dann lieber spielen geht.

Schon am ersten Schultag war das so. Sie hatten als Hausaufgabe bekommen, mindestens drei Dinge aus ihrer Schultüte zu malen. Martha hatte sich zu Hause mit ihren neuen Buntstiften hingesetzt und alles gemalt, was sie kurz vorher aus der Tüte geholt hatte: ein kleines Bilderbuch, eine neue Fahrradklingel, Stift, Radiergummi und noch vieles mehr. Sie ist immer noch dabei gewesen, als Hanna bereits bei ihr Sturm klingelte. »Bist du etwa schon fertig?«, hat sie erstaunt gefragt. Hanna hat stumm

genickt und ihr Bild hochgehalten. Auf dem großen
weißen Blatt waren nur drei unförmige gelbe
Kleckse zu sehen.

»Das sind Zitronenbonbons«, hat Hanna
ungeduldig erklärt. »Kommst du endlich mit raus?«
Und jetzt sitzt Martha also vor ihren Mathe-
Hausaufgaben. Aber sie wird sie nicht machen.
Martha seufzt schwer, dann klappt sie ihr Heft
wieder zu. Erleichtert hört sie, wie es so ausdauernd
an der Haustür schellt, als würde jemand sie vor
dem Weltuntergang warnen wollen. Das kann nur
Hanna sein. Martha streicht wie zur Entschuldigung
einmal über den Ranzen und stellt ihn in die Ecke.
Dann läuft sie nach draußen.

Am nächsten Tag in der Schule traut sich Martha kaum hochzuschauen, als Frau Pfennig den Raum betritt. Frau Pfennig ist ihre Klassenlehrerin und Martha mag sie sehr gern.

Aber heute fürchtet sich Martha vor dem, was Frau Pfennig immer zuerst sagt: »Holt bitte eure Hausaufgaben raus!«

Alle Kinder öffnen folgsam ihre Ranzen und legen die Hefte aufgeschlagen auf den Tisch. Sogar Hanna. Frau Pfennig geht langsam von einem zum anderen und macht ihre Häkchen oder sagt Dinge wie »Da fehlt leider noch etwas, Pia« oder »Ich glaube, das kannst du besser, Moritz!«. Bei Hanna stößt sie sogar ein überraschtes »Das hast du aber sehr schön gemacht!« aus.

Jetzt schämt sich Martha noch mehr. Denn ihr Tisch ist leer. Kein Heft liegt darauf.

Sie spürt, wie Frau Pfennig neben ihr stehen bleibt.

»Was ist, Martha, hast du nicht gehört?«, fragt ihre Klassenlehrerin freundlich. »Ich möchte gern deine Hausaufgaben sehen.«

Martha flüstert heiser etwas, das Frau Pfennig nicht

versteht. »Wie bitte?« Ihre Lehrerin beugt sich zu
ihr herunter.

»Ich habe keine«, wispert sie Frau Pfennig ins Ohr.
Schnell wischt sie sich über die Augen.

»Aber das macht doch nichts«, entgegnet Frau
Pfennig freundlich. »Jeder kann mal etwas
vergessen! Du machst deine Hausaufgaben immer

so ordentlich, da ist das eine Mal doch nicht schlimm!« Dann geht sie weiter.

Hanna knufft Martha in die Seite und grinst. »Hätte ich gar nicht von dir gedacht!«

Zu Hause stürmt Martha sofort zu Mia und wirft sich in ihre Arme. »Es war schrecklich, Mia«, ruft sie. »Wie lange müssen wir das noch machen?« Mia lacht. »Wir haben doch gerade erst angefangen! Ein bisschen musst du schon noch durchhalten.«

»Warum?«, will Martha wissen.

»Weil das mit dem Lernen nicht so schnell geht. Ein paar Tage müssen wir mindestens weitermachen. Ich finde das übrigens gar nicht so schlecht«, fügt Mia grinsend hinzu.

Martha seufzt. Dass das mit dem Lernen am besten funktioniert, wenn man in der Schule nichts mehr macht, findet sie zwar komisch. Aber Mia wird schon wissen, was sie tut. »Also gut«, murmelt sie. Doch an den nächsten Schultag mag sie gar nicht denken.

Und der wird dann auch tatsächlich nicht schön.

Martha starrt auf ihren Tisch, als Frau Pfennig wie

immer die Reihen abgeht. Sie hört sie von hinten kommen, spürt, wie sie neben ihr stehen bleibt.

»Martha?« Ihre Klassenlehrerin klingt ungläubig. »Hast du wieder keine Hausaufgaben?«

Martha schüttelt den Kopf. Ihre Hände werden so feucht, dass sie Abdrücke auf dem Tisch hinterlassen.

»Schon wieder? Warum nicht?«

Martha schweigt. Schnell wischt sie ihre Hände an der Hose ab.

Frau Pfennig beugt sich zu ihr hinab und sieht sie besorgt an. »Ist etwas mit dir, Martha? Geht es dir nicht gut?«

Was soll Martha darauf jetzt antworten? Ja, genau, ich finde es schrecklich, keine Hausaufgaben machen zu dürfen, aber Mama und Papa sollen doch endlich lernen, mir zuzuhören? Nein, sie sagt lieber nichts.

Frau Pfennig richtet sich enttäuscht auf. »Also, Martha, heute lasse ich dir das noch einmal durchgehen. Aber die Hausaufgaben für morgen machst du dann besonders sorgfältig, in Ordnung?«

Oh je. Das wird schlimm werden.
Wenn Mia sie am Nachmittag nicht wieder trösten
würde, könnte Martha das gar nicht durchhalten.
Nicht einmal Hanna darf sie etwas erzählen,
obwohl die aufgeregt wissen will, was los ist. So
aber sitzt Martha am nächsten Tag wieder tapfer
an ihrem Platz vor einem leeren Tisch. Zum dritten
Mal ohne Hausaufgaben.
Frau Pfennig bleibt eine Weile neben ihr stehen.
In der ganzen Klasse ist es mucksmäuschenstill.
Dann hört Martha die traurige Stimme ihrer
Lehrerin.

»Es tut mir leid, Martha. Ich weiß nicht, was in dich gefahren ist. Aber jetzt bleibt mir nichts anderes übrig, als deine Eltern anzurufen.«
Martha nickt. So haben Mia und sie sich das gedacht. Die Sache mit dem Lernen kann beginnen.

Am runden Tisch

Martha umklammert mit einer Hand ihr Messer und guckt angestrengt auf ihr Brot, ohne sich zu rühren. Sie, Mia und Mama sitzen am Küchentisch beim Abendessen.

»Was ist, hast du keinen Hunger?«, hört sie Mamas besorgte Stimme. Dann spürt sie eine Hand auf der Stirn. »Na, Fieber hast du jedenfalls nicht. Soll ich dir dein Brot schmieren?«

Martha schüttelt den Kopf. Sie atmet tief durch und zieht sich die Butter heran. Dabei horcht sie angestrengt. Als das Telefon im Flur läutet, hinterlässt ihr Messer vor Schreck eine gezackte Spur in der Butter, obwohl sie doch genau darauf gewartet hat.

Kauend steht Mama auf. Martha und Mia wechseln einen schnellen Blick. Sie hören, wie Mama sich meldet. Dann sagt sie eine Weile lang gar nichts. Als sie sch ießlich zu sprechen beginnt, klingt sie sehr aufgeregt, oder nein, eher wütend. Auweia.

Martha kämpft gerade mit einem dicken Brocken Brot in ihrem Hals, als Mama wieder hereinkommt. Wortlos setzt sie sich. Sie starrt auf ihren Teller, ohne etwas zu machen. Die Küchenuhr an der Wand tickt so laut wie noch nie.

Endlich räuspert sie sich und sagt: »Martha?« Die muss plötzlich ganz dringend aufs Klo. Aber es nützt nichts. Als sie zurückkommt, fragt Mama wieder: »Martha?«

»Mmh?«

»Da war gerade Frau Pfennig am Telefon. Sie

sagt, dass du schon dreimal hintereinander keine Hausaufgaben gemacht hast?« Mama scheint es selbst kaum glauben zu können, so erstaunt klingt sie.

»Mmh.« Martha wirft Mia einen verzweifelten Blick zu. Aber die schüttelt kaum merklich den Kopf. Also darf sie immer noch nichts sagen.

»Warum, Martha? Kannst du mir mal erklären, warum du plötzlich keine Hausaufgaben mehr machst? Ist in der Schule etwas passiert? Ärgert dich vielleicht jemand?« Jetzt lässt Mama ihr Messer los, fasst Martha an beiden Händen und schaut ihr fragend ins Gesicht.

Da läutet das Telefon erneut.

Mama zögert, steht dann aber auf und verlässt die Küche. Diesmal klingt ihre Stimme noch aufgeregter.

»Mia?« Mama erscheint im Türrahmen. »Du auch?«

Mia legt seelenruhig eine Scheibe Käse auf ihr Brot. Ihr scheint das alles nichts auszumachen. »Was meinst du?«

»Du weißt genau, was ich meine! Das war deine Schule! Du machst auch keine Hausaufgaben mehr, genau wie Martha! Könnt ihr mir mal sagen, was hier los ist?«

»Das wirst du schon sehen«, nuschelt Mia mit vollem Mund. Mehr ist aus ihr nicht herauszubekommen. Und aus Martha auch nicht.

Mama versucht es am nächsten Tag wieder.

Diesmal netter.

»Martha«, sagt sie mit schmeichelnder Stimme, »du magst doch das Spaghetti-Eis beim Café an der Ecke so gern, nicht wahr?«

Martha ist gerade dabei, ihre Puppe zu frisieren. Doch sofort lässt sie ihre Bürste fallen. Am liebsten möchte sie gleich loslaufen. »Gehen wir dahin?«, fragt sie gespannt.

»Aber ja, wenn du vorher deine Hausaufgaben machst.« Mama strahlt sie an, als sei heute Geburtstag, Weihnachten und Ferienanfang zusammen.

Jetzt versteht Martha. Enttäuscht klemmt sie sich die Puppe zwischen die Knie. Liebend gern würde sie mit Mama Eis essen gehen, aber sie darf nicht. Sie hat es Mia versprochen. Verbissen bürstet sie einfach weiter.

Mama wartet noch eine Weile und verlässt dann wortlos das Zimmer.

Wieder einen Tag später unternimmt Mama einen neuen Versuch. Am darauffolgenden und dem danach auch. Aber wirklich einfallsreich ist sie dabei nicht. Entweder verspricht sie Martha etwas, damit sie endlich ihre Hausaufgaben macht, oder Mama verbietet ihr etwas, solange sie keine Hausaufgaben macht: Martha darf nicht mehr mit Hanna spielen, Martha darf abends länger aufbleiben, Martha darf nicht mehr fernsehen, Martha darf sich zum Mittagessen eine Pizza bestellen. Nichts hilft.

Auch bei Mia versucht Mama ihr Glück, allerdings viel lauter. Martha weiß nicht, was sie ihr verspricht oder verbietet. Aber hinter der geschlossenen Tür brüllen sich die beiden ziemlich heftig an. Doch auch das ändert nichts.

Jeden Abend spielt sich nun das Gleiche ab:
Sie sitzen am runden Küchentisch und kauen
schweigend ihre Brote. Dann läutet das Telefon und
Mama geht hinaus. Wenn sie wieder hereinkommt,
ist sie noch wütender als ohnehin schon. Wenn das
überhaupt noch geht.
»Mia, wie lange noch?«, flüstert Martha ihrer
Schwester abends im Bett verzweifelt zu. Lange hält
sie das nicht mehr aus.
»Bald ist es so weit, bestimmt. Vertrau mir
einfach«, flüstert Mia zurück und streichelt Marthas
Wange.

Und Mia hat recht. Bereits am nächsten Abend ist
nicht mehr alles wie sonst. Zunächst schon, sie
sitzen wieder in der Küche und essen. Aber dann
klingelt nicht das Telefon, sondern es läutet die
Glocke an der Haustür.
Mama scheint sich über den späten Besuch gar
nicht zu wundern. Sie steht einfach auf, wischt
sich noch hastig die Krümel vom Mund und geht
hinaus.

Dann hört Martha sie, Papas Stimme. Vor
Überraschung schneidet sie diesmal mit ihrem
Messer ein tiefes Loch in ihr Brot. Seit seinem
Auszug ist Papa nicht mehr hier gewesen, nicht ein
einziges Mal! Und doch weiß Martha noch genau,
wie es sich anfühlt, wenn alle zusammen sind.
Jetzt kommt er in die Küche und setzt sich zu ihnen
an den Tisch. Genau wie früher. Martha wartet
gespannt.
Papa räuspert sich. »Äh«, meint er dann. »Mama
sagt, ihr macht keine Hausaufgaben mehr.«

Martha und Mia blicken sich an. Mia nickt. Na endlich! Jetzt ist es so weit!

»Doch«, sagt Mia leichthin. »In drei Tagen wieder.« Jetzt guckt Papa nicht sehr schlau. Mama auch nicht.

»Hausaufgaben sind aber sehr wichtig, die kann man nicht machen, wann man will«, führt Papa ein wenig unsicher aus. »Wichtige Dinge können nicht warten.«

»Doch, können sie«, antwortet Mia ungerührt. »Das habt ihr selbst gesagt.«

Jetzt schauen Papa und Mama sogar ziemlich dümmlich.

Martha holt tief Luft. »Genau«, bekräftigt sie mutig. »Meine Königsburg muss schließlich auch warten. Und mein Besuch bei Papa auch. Deshalb ...«, sie schaut Mia an, die ihr aufmunternd zunickt, »machen wir unsere Hausaufgaben ab jetzt auch nur noch alle zwei Wochen.«

Papa und Mama bleibt der Mund so weit offen stehen, als seien sie kleine Vögel, die gefüttert werden wollen.

»Genau, also in drei Tagen wieder«, ergänzt Mia.
»Erst mal«, fügt sie trocken hinzu.
Endlich ist alles heraus. Mit einem Mal fühlt
sich Martha so leicht, dass sie am liebsten
aufspringen und hüpfen würde. »Keine Sorge, die
Hausaufgaben werden schon nicht schimmelig.
Die sind in zwei Wochen auch noch da!«, meint sie
übermütig.
Mama und Papa ziehen jetzt Gesichter, als müssten
sie das gesamte Alphabet rückwärts aufsagen. Auf
Arabisch. Sprachlos bleiben sie einfach sitzen,
während Martha und Mia aufstehen und Hand in
Hand hinausgehen.

Ein besonderer Ausflug

»Ihr braucht eure Jacken gar nicht auszuziehen«, sagt Mama am nächsten Tag zu Martha und Mia, als sie von der Schule nach Hause kommen. »Wir machen einen Ausflug. Jetzt gleich.«
Die beiden sehen sich verwundert an. Einen Ausflug? Um die Zeit, mitten in der Woche?
Als sie kurze Zeit später im Auto sitzen, schaut Martha neugierig hinaus. Wohin fahren sie? Irgendwie kommt ihr der Weg bekannt vor, sie kennt diese Gegend ... Und dann versteht sie, zeitgleich mit Mia.
»Wir fahren zu Papa!«, rufen beide Mädchen wie aus einem Mund.
»Ja«, antwortet Mama knapp.
Oben vor Papas Wohnung will sich Martha wie immer von Mama mit einem Kuss verabschieden, aber die wehrt ab.
»Nein, nein, ich bleibe.«
Mama bleibt hier in Papas Wohnung? Das hat sie bisher noch nie gemacht!

»Da seid ihr ja endlich!«, ruft Papa, der in diesem
Moment die Haustür aufreißt. »Kommt schnell
rein, es ist etwas Furchtbares passiert!« Dabei
verzieht er verzweifelt das Gesicht und rauft sich
wild die Haare. Aber Martha glaubt ihm nicht.
Er übertreibt. Genau so guckt er immer, wenn
er Quatsch macht.
Doch neugierig geworden ist sie nun schon.
Sie, Mia und Mama folgen Papa durch den Flur.
Vor der geschlossenen Wohnzimmertür
bleibt er einen Moment stehen

und seufzt ganz schrecklich laut. Dann öffnet er sie weit und tritt zur Seite, als habe er den Vorhang einer Theaterbühne beiseitegezogen.

So etwas hat Martha noch nie gesehen. Zur Sicherheit zwinkert sie ein paarmal mit den Augen, wischt sogar darüber, aber tatsächlich: Im Zimmer steht die Königsburg, immer noch genauso unfertig wie bei Marthas letztem Besuch. Aber jetzt ist sie über und über bedeckt mit ...?

»Schimmel!«, ruft Papa laut.

Und auch Mama kreischt: »Oh, wie schrecklich! So eine Burg kann ja doch schimmelig werden, wenn sie zu lange herumsteht! Wir hätten sie sofort zu Ende bauen sollen! Ihr hattet recht!«

Mia hinter ihr beginnt zu kichern. Aber Martha versteht erst mal gar nichts. Ihre schöne Burg sieht schrecklich aus, mit diesen seltsamen grünen Fäden und ganz und gar überzogen von weißem Flaum!

»Guck doch mal richtig hin«, flüstert Mia ihr zu. Und jetzt muss auch Martha lachen, denn nun erkennt sie, was das für ein »Schimmel« ist:

Lange Wollfäden hängen von den Zinnen und den Burgmauern herab, auseinandergezupfte Wattebäusche bedecken den Innenhof und die Außenanlagen.

Papa legt ihr den Arm um die Schultern. »Da haben wir aber einiges zu tun, oder was meinst du?«, fragt er grinsend.

»Ja, und wie!«, ruft Martha und will sofort loslegen. Dann aber zögert sie und dreht sich zu Mama und Papa um. »Wann denn?«

»Na, jetzt natürlich!«, sind sich die beiden einig.
Papa holt schnell eine Tüte. Martha, Mia und Mama
beginnen, Watte und Fäden von der Burg zu zupfen.
Dabei hüpft Papa hektisch um sie herum und fängt
alles mit der geöffneten Tüte auf. »Sonst muss ich
nachher staubsaugen und dazu habe ich keine
Lust«, erklärt er.
Schließlich ist die Burg wieder sauber, aber fertig
ist sie natürlich noch lange nicht. Martha guckt
gespannt Mama und Papa an. Beide nicken und
lächeln.
Alle vier arbeiten jetzt zusammen, Hand in Hand.
Und bald darauf erhebt sich vor ihnen stolz und

prächtig die schönste Königsburg, die Martha je
gesehen hat.

Dann werden Papa und Mama ganz ernst.
»Bevor wir damit spielen, müssen wir noch etwas
klären!«, fängt Mama an. »Ja, genau. Denn wir beide haben lange
miteinander gesprochen«, ergänzt Papa. »Wie ihr
seht, haben wir verstanden, dass nicht alles zwei
Wochen lang warten kann. Aber manchmal geht es
eben nicht anders!«

»Wann denn?«, will Martha wissen.

»Ich weiß es«, meint Mia listig. »Aufräumen zum
Beispiel darf man nur alle zwei Wochen.«

»Ja, genau«, ruft Martha vergnügt. »Gemüse essen
auch!«

Mama und Papa müssen lachen. »Na, das gilt wohl
eher für Süßigkeiten«, meint Mama.

»Nein, fürs Zähneputzen!«

»Ans Handy sollte man nur alle zwei Wochen.«

»Oder in die Schule!«

»Zu oft fernsehen ist auch schlecht.«

»Genau wie Klavier üben!«

»Jetzt aber mal im Ernst«, unterbricht Mama schließlich. »Dass ihr Papa einfach mal so zwischendurch besucht, geht leider nicht. Ihr wisst, dass wir beide viel arbeiten und unsere Zeit genau planen müssen.«

»Aber«, fährt Papa fort, »wir haben uns trotzdem etwas überlegt. Wenn ihr oder eine von euch zwischendurch zu mir kommen möchte, sagt sie Mama Bescheid. Die kann mich dann anrufen, und wir werden überlegen, wie wir das hinbekommen. Es wird nicht immer klappen, aber wir versuchen unser Bestes, das versprechen wir.«

Mama nickt dazu. »Jetzt müsst ihr uns aber auch etwas versprechen.« Streng sieht sie Mia und Martha an.

Martha versteht sofort und nickt erleichtert.

Und auch Mia ist einverstanden: »Geht klar. Hausaufgaben werden wieder gemacht.«

Und dann wird endlich mit der Königsburg gespielt, bis zum späten Abend!

Als sie schließlich gehen müssen und Papa sie noch zur Tür bringt, hofft Martha einen winzig kleinen Moment, dass er einfach wieder mit ihnen nach Hause kommt.

Aber Papa schüttelt den Kopf, als habe er ihre Gedanken erraten. »Nein, Martha.«

Doch als sie die Treppe hinuntergeht, ruft er sie noch einmal.

Martha dreht sich fragend zu ihm um.

»Bald kommst du wieder«, verspricht er ihr.

Martha nickt. Ja, sie kommt bald wieder. Vielleicht morgen schon.

»Morgen wäre zum Beispiel ein guter Tag«, meint Papa und schließt die Tür.

Größer werden

Diesmal geht Martha nicht erst ein paarmal am Zimmer vorbei. Diesmal bleibt sie gleich davor stehen und öffnet die Tür. Ihr Blick fällt sofort auf den Drehstuhl an Papas Schreibtisch. Ein paar Wochen sind vergangen seit der schimmeligen Königsburg. Tatsächlich durfte Martha schon am nächsten Tag Papa wieder besuchen und seitdem auch immer mal wieder, einfach so zwischendurch. Es ging nicht jedes Mal, wenn sie wollte. Aber so war es schon besser als vorher, viel besser.

Außerdem haben sich Mama und Papa einen tollen Trick ausgedacht: Wenn Martha so richtig papalich ist, aber nicht zu ihm kann, ruft Papa sie abends an. Mama stellt den Telefonhörer dann auf »laut« und legt ihn Marthas Kuschelhasen in den Arm, wenn sie schon im Bett liegt. So kann sie noch eine Weile mit Papa reden und ihm alles Wichtige erzählen. Entschlossen geht Martha jetzt ins Zimmer hinein. Einen Moment bleibt sie vor dem Drehstuhl stehen.

Sie wird es einfach mal versuchen. Geschickt
klettert sie auf den Stuhl und setzt sich zurecht.
Während sie sich an den Armlehnen festhält, streckt
sie ein Bein weit nach unten aus. Noch ein Stück
und ... Tatsächlich, sie erreicht den Boden, wenn
auch nur mit dem dicken Zeh. Sie muss größer
geworden sein!
So kräftig sie kann, stößt Martha sich ab.
Sachte beginnt sie sich zu drehen.

Jutta Nymphius wurde 1966 in Bremerhaven geboren. In Köln und Florenz studierte sie italienische, deutsche und spanische Literatur und arbeitete anschließend viele Jahre als Lektorin für Kinder- und Jugendbücher, bevor sie sich ganz dem Schreiben widmete. Sie ist Mitbegründerin der »Elbautoren« und lebt mit ihrer Familie in Hamburg.

Katja Spitzer arbeitet seit 2009 überwiegend für Buchverlage und Magazine. Ihre Arbeiten wurden international ausgestellt und mehrfach prämiert. Katja Spitzer lebt und arbeitet als Illustratorin in Berlin.

Besucht uns auf 🔵 **Facebook und** 🔲 **Instagram!**

Tulipan-Newsletter
Tolle Lesetipps kostenlos per E-Mail!
www.tulipan-verlag.de

© Tulipan Verlag GmbH, München 2019
Alle Rechte vorbehalten
1. Auflage 2019
Text: Jutta Nymphius
Vermittelt durch die Literaturagentur erzähl:perspektive, München
(www.erzaehlperspektive.de)
Bilder: Katja Spitzer
Vermittelt durch die Agentur Susanne Koppe, Hamburg,
www.auserlesen-ausgezeichnet.de
Lektorat und Redaktion: Eva Jaeschke
Layout und Satz: Tulipan Verlag, Stephanie Raubach
Druck: Firmengruppe APPL, aprinta druck GmbH, Wemding
ISBN 978-3-86429-426-6

Leise und literarisch, mal bewegend, mal humorvoll:
Der »Kleine Roman« spricht Gefühls- und Erfahrungswelten
der jungen Leser an, bietet Identifikation und
ermöglicht die Lektüre eines ganzen Romans. Ein wichtiges
Erfolgserlebnis auf dem Weg zum Leseexperten!

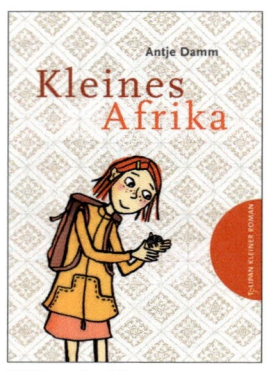

ISBN 978-3-86429-274-3

ISBN 978-3-86429-281-1

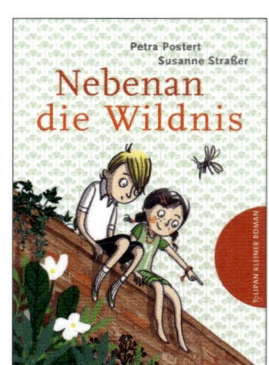

ISBN 978-3-86429-332-0

ISBN 978-3-86429-343-6

ISBN 978-3-86429-336-8

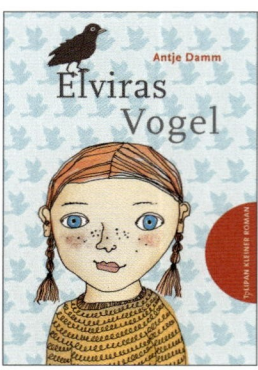

ISBN 978-3-86429-340-5

Kleine Romane für Leser ab 7 Jahren

Je € 10,00 (D)/€ 10,30 (A)

ISBN 978-3-86429-345-0

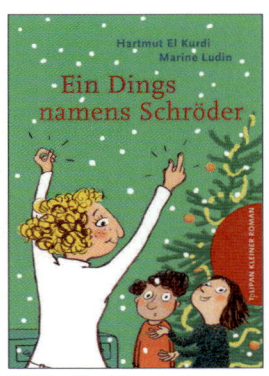

ISBN 978-3-86429-358-0

ISBN 978-3-86429-382-5

ISBN 978-3-86429-381-8

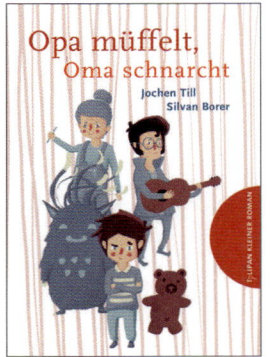

ISBN 978-3-86429-365-8